SV

PAUL CELAN

ZEITGEHÖFT

Späte Gedichte
aus dem Nachlaß

SUHRKAMP VERLAG

Dritte Auflage 1996

Druck: Nomos Verlagsgesellschaft, Baden-Baden
Printed in Germany

I

ZEITGEHÖFT

Wanderstaude, du fängst dir
eine der Reden,

die abgeschworene Aster
stößt hier hinzu,

wenn einer, der
die Gesänge zerschlug,
jetzt spräche zum Stab,
seine und aller
Blendung
bliebe aus.

Gehässige Monde
räkeln sich geifernd
hinter dem Nichts,

die sach-
kundige Hoffnung, die halbe,
knipst sich aus,

Blaulicht jetzt, Blaulicht,
in Tüten,

Elend, in harten
Trögen flambiert,

ein Wurfsteinspiel
rettet die Stirnen,

du rollst die Altäre
zeiteinwärts.

Gold, das den nubischen
Handrücken fortsetzt – den Weg,
dann den Fußpfad zu dir, hinweg
über den Stein, den zugeschrägten,
aus Traumentzug-Zeiten,

zwei Sandschollen, umgeweht,
stehen mir bei,

sternverseucht legt sich ein Moor
um eine der Kiefern,

der Chor
der Platanenstrünke
buckelt sich ein zum Gebet
gegens Gebet,

aus gesiegeltem Floßholz
bau ich dir Namen, die pflockst du
fest, bei den Regenfeimen,

es werden die Kampfgrillen kommen,
aus meinem Bart,

vor den Denkkiemen steht schon
die Träne.

Von der sinkenden Walstirn
les ich dich ab –
du erkennst mich,

der Himmel
stürzt sich
in die Harpune,

sechsbeinig
hockt unser Stern im Schaum,

langsam
hißt einer, der's sieht,
den Trosthappen: das
balzende Nichts.

Du liegst hinaus
über dich,

über dich hinaus
liegt dein Schicksal,

weißäugig, einem Gesang
entronnen, tritt etwas zu ihm,
das hilft
beim Zungenentwurzeln,
auch mittags, draußen.

Das seidenverhangene Nirgend
widmet dem Strahl seine Dauer,

ich kann dich hier
sehn.

Eingehn dürfen bei euch, ausgehn –

Unter der Sandhaube steuert
dein unbelauscht schlafendes
Hirn
den unverwirkbaren, einen,
ozeanischen
Tag,

komm, ich hell auf,

komm, ich geb dich
mir und auch dir,
Überzüchtete,
Schwere.

Die Weinbergsmauer erstürmt
vom Ewigkeitsklirren,
die Reben
meutern,

miterklirrt
das Rückenmark, bei
Herzschwüle, im
wirklicheren Gehäus,

die fünf Körner verteilt
auf die vier Meere,

tauch ein.

Erst wenn ich dich
als Schatten berühre,
glaubst du mir meinen
Mund,

der klettert mit Spät-
sinnigem droben
in Zeithöfen
umher,

du stößt zur Heerschar
der Zweitverwerter unter
den Engeln,

Schweigewütiges
sternt.

In der fernsten
Nebenbedeutung, am Fuß der gelähmten
Amen-Treppe:
die kahlgeplünderte
Phase Dasein,

nahebei, in der Gosse,
nudeln noch
Sprüche,

traumfaserverstärkt das Profil
der Schlafausscheidung,
an ihrer einen
herztätigen Schläfe
bildet sich Eis,

kein Buch schlägt sich auf,

das Übernichts hat sich
zu mir geschlagen,
es gibt seinen Kampf auf,
im Eis,

wir sind bereit,
das Tödlichste in uns zu tauschen,

der Dorn, der das Freizeichen gab,
steigt durch die Wiegen,

hinter der Stechuhr verschenkt sich
die wahnfeste Zeit.

EINGESCHOSSEN
in die Smaragdbahn,

Larvenschlupf, Sternschlupf, mit allen
Kielen
such ich dich,
Ungrund.

Alle die Schlafgestalten, kristallin,
die du annahmst
im Sprachschatten,

ihnen
führ ich mein Blut zu,

die Bildzeilen, sie
soll ich bergen
in den Schlitzvenen
meiner Erkenntnis –,

meine Trauer, ich seh's,
läuft zu dir über.

Zwei Sehwülste, zwei
Narbennähte,
auch hier, quer durchs
Gesicht,

ein Licht, deinen ersten
Bränden abgefragt, seit
langem draußen,
schlüpft ins
Erblickte.

Vor mein
wetterleuchtendes Knie
kommt die Hand zu stehn,
mit der du
dir übers Aug fuhrst,

ein Klirren
holt sich Gewißheit
im Kreis, den ich zog
um uns zwei,

manchmal freilich
stirbt der Himmel
unsern Scherben
voraus.

Du wirfst mir Ertrinkendem
Gold nach:
vielleicht läßt ein Fisch
sich bestechen.

Das Flüsterhaus,
schalttags geöffnet,

auf Jute
weitergegeben, flächen-
tief,

es bürgert
den Enge-Laut ein,

für die Lallstufe
sorgen
die Lippen-
pflöcke,

– rastet das
Andere ein,
zeitig? –,

dieses, ja dieses
Gletschergeschrei
deiner Hände,

die Toten-Seilschaft
trägt mit an den Firnen,

der umgepolte
Mond
verwirft dich, zweite
Erde,

am Resthimmel, sterbestolz, das
Sterngedränge
nimmt die Hürde.

KLEINE NACHT: wenn du
mich hinnimmst, hinnimmst,
hinauf,
drei Leidzoll überm
Boden:

alle die Sterbemäntel aus Sand,
alle die Helfenichtse,
alles, was da noch
lacht
mit der Zunge –

An die Haltlosigkeiten
sich schmiegen:

es schnippen
zwei Finger im Abgrund, in den
Sudelheften
rauscht Welt auf, es kommt
auf dich an.

ICH ALBERE mit meiner Nacht,
wir kapern
alles,
was sich hier losriß,

lad du mir auch deine
Finsternis auf
die halben, fahrenden
Augen,

auch sie soll es hören,
von überallher,
das unwiderlegbare Echo
jeder Verschattung.

DEIN UHRENGESICHT,
von Blaufeuern über-
lagert,
verschenkt seine Ziffern,

meine
Herkunft
hielt Umschau, sie geht
in dich ein, die mit-
vereinten
Kristalle
flennen.

ICH LOTSE DICH hinter die Welt,
da bist du bei dir, unbeirrbar,
heiter
vermessen die Stare den Tod,
das Schilf winkt dem Stein ab, du hast
alles
für heut abend.

Meine
dir zugewinkelte Seele
hört dich
gewittern,

in deiner Halsgrube lernt
mein Stern, wie man wegsackt
und wahr wird,

ich fingre ihn wieder heraus –
komm, besprich dich mit ihm,
noch heute.

Ein Stern
lauscht einem Licht,
eine Stunde verstößt
eine Stunde,

herzschwer
rollt Azur
über dich hin,

dein blutiger
Speichel
beglückt
ein besessenes Staubkorn,

ein Mutterstummel
führt ein Frühgesicht
durch einen Schmerz,

sein Gott
schreitet mähend die Bilderfront ab,
auf den Graten
der obersten
Wiege.

KLEINES WURZELGETRÄUM, das mich hier hält,
blutunterwaschen,
keinem mehr sichtbar,
Todesbesitz,

wölb du eine Stirn vor,
daß eine Rede gehe, von Erde,
von Inbrunst, von
Äugigem, auch
hier, wo du mich abliest vom Blindblatt,
auch
hier,
wo du mich so genau
widerrufst.

II

MANDELNDE, die du nur halbsprachst,
doch durchzittert vom Keim her,
dich
ließ ich warten,
dich.

Und war
noch nicht
entäugt,
noch unverdornt im Gestirn
des Lieds, das beginnt:
Hachnissini.

Es stand
der Feigensplitter auf deiner Lippe,

es stand
Jerusalem um uns,

es stand
der Hellkiefernduft
überm Dänenschiff, dem wir dankten,

ich stand
in dir.

Die Glut
zählt uns zusammen
im Eselsschrei vor
Absaloms Grab, auch hier,

Gethsemane, drüben,
das umgangene, wen
überhäufts?

Am nächsten der Tore tut sich nichts auf,

über dich, Offene, trag ich dich zu mir.

Wir, die wie der Strandhafer Wahren,
in N'we Awiwim,

der ungeküßte
Stein einer Klage
rauscht auf,
vor Erfüllung,

er befühlt unsre Münder,
er wechselt
über zu uns,

eingetan ist uns
sein Weiß,

wir geben uns weiter:
an dich und an mich,

die Nacht, sieh dich vor, die sand-
befehligte,
nimmt es genau
mit uns zwein.

Ein Ring, zum Bogenspannen,
nachgeschickt einem Wortschwarm,
der wegstürzt hinter die Welt,
mit den Staren,

Pfeilige, wenn du mir zuschwirrst,
weiß ich, woher,

vergeß ich, woher.

DAS LEUCHTEN, ja jenes, das
Abu Tor
auf uns zureiten sah, als wir
ineinander verwaisten, vor Leben,
nicht nur von den Handwurzeln her –:

eine Goldboje, aus
Tempeltiefen,
maß die Gefahr aus, die uns
still unterlag.

Du gleissende
Tochtergeschwulst
einer Blendung im All,

aufgegriffen
von überhimmlischen Suchtrupps,
verschoben
ins sehende, gott-
entratene
Sternhaufen-Blau,

du wildenzt
vor unsern
hungrigen, unverrückbaren
Poren
als Mitsonne, zwischen
zwei Hellschüssen
Abgrund.

Komm, leg die Welt aus mit dir,
komm, laß mich euch zuschütten mit
allem Meinen,

Eins mit dir bin ich,
uns zu erbeuten,

auch jetzt.

Einen Stiefelvoll Hirn
in den Regen gestellt:

es wird ein Gehn sein, ein großes,
weit über die Grenzen,
die sie uns ziehn.

DIE POSAUNENSTELLE
tief im glühenden
Leertext,
in Fackelhöhe,
im Zeitloch:

hör dich ein
mit dem Mund.

DIE POLE
sind in uns,
unübersteigbar
im Wachen,
wir schlafen hinüber, vors Tor
des Erbarmens,

ich verliere dich an dich, das
ist mein Schneetrost,

sag, daß Jerusalem i s t,

sags, als wäre ich dieses
dein Weiß,
als wärst du
meins,

als könnten wir ohne uns wir sein,

ich blättre dich auf, für immer,

du betest, du bettest
uns frei.

DER KÖNIGSWEG hinter der Scheintür,

das vom Gegen-
Zeichen umtodete
Löwenzeichen davor,

das Gestirn, kieloben,
umsumpft,

du, mit der
die Wunde auslotenden
Wimper.

Es KOMMT auch ein Sinn
die engere Schneise daher,

den erbricht
das tödlichste unsrer
stehenden Male.

Ich trink Wein aus zwei Gläsern
und zackere an
der Königszäsur
wie Jener
am Pindar,

Gott gibt die Stimmgabel ab
als einer der kleinen
Gerechten,

aus der Lostrommel fällt
unser Deut.

Es WIRD etwas sein, später,
das füllt sich mit dir
und hebt sich
an einen Mund

Aus dem zerscherbten
Wahn
steh ich auf
und seh meiner Hand zu,
wie sie den einen
einzigen
Kreis zieht

Das Nichts, um unsrer
Namen willen
– sie sammeln uns ein –,
siegelt,

das Ende glaubt uns
den Anfang,

vor den uns
umschweigenden
Meistern,
im Ungeschiednen, bezeugt sich
die klamme
Helle.

IM GLOCKIGEN jappen
die gläubig-ungläubigen
Seelen,

Sternunfug
setzt sich fort, auch mit meiner
im Wüstensinn von dir
umhügelten Hand,

wir sind
längst da.

Wie ich den Ringschatten trage,
trägst du den Ring,

etwas, das Schweres gewohnt ist,
verhebt sich
an uns,
unendlich
Entimmernde du.

Das Fremde
hat uns im Netz,
die Vergänglichkeit greift
ratlos durch uns hindurch,

zähl meinen Puls, auch ihn,
in dich hinein,

dann kommen wir auf,
gegen dich, gegen mich,

etwas kleidet uns ein,
in Taghaut, in Nachthaut,
fürs Spiel mit dem obersten, fall-
süchtigen Ernst.

UMLICHTET die Keime,
die ich in dir
erschwamm,

freigerudert
die Namen – sie
befahren die Engen,

ein Segensspruch, vorn,
ballt sich
zur wetterfühligen
Faust.

III

FORTGESALBT, draußen, im Stein-
weizen,
von singenden
Händen,

die halbe Skabiose,
sparsam,
vorm Trommelfellriß,

unterm linken
Fuß
ein Fenster – der
Erde?

ORTSWECHSEL bei den Substanzen:
geh du zu dir, schließ dich an,
bei verschollenem
Erdlicht,

ich höre, wir waren
ein Himmelsgewächs,
das bleibt zu beweisen, von
obenher, an
unsern Wurzeln entlang,

zwei Sonnen gibts, hörst du,
zwei,
nicht eine –
ja und?

DIE WELT, Welt,
in allen Fürzen gerecht,

ich, ich,
bei dir, dir, Kahl-
geschorne.

WAS BITTERT
herein?

Die großen Alleinigkeiten
verzwergen
im Hörrinden-Hymnus,

selig
tuscheln die Daumenschrauben in
heiterer
Streckfolterhöhe,

die entscheidenden
Pausen
erhalten
Zufuhr,

in der Zählkammer,
rebellisch,
beten die Ringe
den Rest an.

Die gesenkten
Götterdaumen, ich hole, im Borken-
hemd,
die untersten Baumläufer ein, bald ist
heute, für immer, die
Markierungen, das
Strahlengezücht,
kommen
über die Antimaterie
getanzt, zu dir,
in die Kometen-
Schonung.

Krokus, vom gastlichen
Tisch aus gesehn:
zeichenfühliges
kleines Exil
einer gemeinsamen
Wahrheit,
du brauchst
jeden Halm.

Rebleute graben
die dunkelstündige Uhr um,
Tiefe um Tiefe,

du liest,

es fordert
der Unsichtbare den Wind
in die Schranken,

du liest,

die Offenen tragen
den Stein hinterm Aug,
der erkennt dich,
am Sabbath.

INHALT

I ZEITGEHÖFT

Wanderstaude 7
Gehässige Monde 8
Gold 9
Von der sinkenden Walstirn 10
Du liegst hinaus 11
Das seidenverhangene Nirgend 12
Die Weinbergsmauer erstürmt 13
Erst wenn ich dich 14
In der fernsten 15
Eingeschossen 16
Alle die Schlafgestalten 17
Zwei Sehwülste 18
Vor mein 19
Du wirfst mir 20
Das Flüsterhaus 21
Kleine Nacht 23
An die Haltlosigkeiten 24
Ich albere 25
Dein Uhrengesicht 26
Ich lotse dich 27
Meine 28
Ein Stern 29
Kleines Wurzelgeträum 30

II

Mandelnde 33
Es stand 34

Die Glut 35
Wir, die wie der Strandhafer Wahren 36
Ein Ring, zum Bogenspannen 37
Das Leuchten 38
Du gleißende 39
Komm 40
Einen Stiefelvoll 41
Die Posaunenstelle 42
Die Pole 43
Der Königsweg 44
Es kommt 45
Ich trink Wein 46
Es wird 47
Das Nichts 48
Im Glockigen 49
Wie ich 50
Das Fremde 51
Umlichtet 52

III

Fortgesalbt 55
Ortswechsel 56
Die Welt 57
Was bittert 58
Die gesenkten 59
Krokus 60
Rebleute 61

Die hier vorgelegten spätesten Gedichte Paul Celans wurden vom Autor nicht mehr für den Druck vorbereitet. Sie bilden den Textbestand von drei nachgelassenen Konvoluten, deren erstes die Aufschrift »Zeitgehöft« trägt. Die Gedichte sind chronologisch geordnet, mit Ausnahme von MANDELNDE (S. 33), das vom 2. September 1968 datiert ist. Die übrigen Gedichte sind zwischen dem 25. Februar 1969 und dem 13. April 1970 entstanden.